一只小狗的故事

〔美〕马克·吐温／著

蔡耘／译

人民文学出版社
PEOPLE'S LITERATURE PUBLISHING HOUSE

图书在版编目（CIP）数据

一只小狗的故事 /（美）马克·吐温著；蔡耘译.
—北京：人民文学出版社，2016
（狗之物语）
ISBN 978-7-02-011855-7

Ⅰ. ①一… Ⅱ. ①马… ②蔡… Ⅲ. ①短篇小说－小说集－美国－近代 Ⅳ. ①I712.44

中国版本图书馆 CIP 数据核字 (2016) 第 157607 号

责任编辑 甘 慧 尚 飞
装帧设计 李 佳

出版发行 人民文学出版社
社　　址 北京市朝内大街 166 号
邮政编码 100705
网　　址 http://www.rw-cn.com

印　　刷 上海利丰雅高印刷有限公司
经　　销 全国新华书店等

字　　数 20 千字
开　　本 850 毫米 ×1168 毫米 1/32
印　　张 1.75
版　　次 2016 年 10 月北京第 1 版
印　　次 2016 年 10 月第 1 次印刷

书　　号 978-7-02-011855-7
定　　价 20.00 元

1

我的爸爸是只圣伯纳犬，我的妈妈是只牧羊犬，而我是一只长老会犬。这是妈妈告诉我的，我自己并不知道这些区别。对我来说，它们不过是些无意义的好词儿而已。我妈妈很喜欢如此，她喜欢说这些词儿，喜欢看着其他狗惊讶又妒忌、想要知道她怎么这么有文化时的样子。可说实在的，那也不是真的有文化，那只是一种表演：她在餐厅或客厅陪着别人、跟着孩子们去主日学校的时候听到了这些词儿。无论何时听到这些词儿，她都会对自己念上好多遍，以至于能将它们铭记到邻居家的教友聚会时将它们说出来，让所有小狗大獒全都惊讶又羞愧，这是对她付出努力的一种奖赏。假如有陌生狗狗对此表示怀疑，回过神来问她词汇的意义，她也总能应答如流。这出乎陌生狗狗的意料，她以为自己能抓住我妈妈的把柄、让她出丑，可最后发现出丑的是自己。其他

我妈妈是只牧羊犬

狗总是等待着这一幕的发生，以此为乐又为她感到骄傲，因为有过类似的经验，所以她们知道会发生什么。当我妈妈说出那些词汇的意义时，所有的狗狗都对她充满了崇拜，没有谁会怀疑她说的是否正确。这很自然，因为，一方面，她回答得非常迅速，说起话来就像百科字典一样；另一方面，她们也没法确定她说得到底对不对，她是那儿唯一一只有文化的狗。日复一日，当我大一点的时候，有一次，她把“无知”这个词儿带了回来，一周之内参加了不同的聚会，把场面搞得不太愉快。也就是那一次，我发现她在一周里被问了八次不同东西的意思，每一次都回答得快速又准确。这让我看到了她的镇定其实胜过她的学识，尽管我嘴上没说。妈妈一直记着一个随时准备使用的救急词汇，就像她突然快要失足落水时抓住的救命稻草——那就是“同义词”。有时她碰巧被问到一个几周前被问过的、意思已被忘记的长词，假如身旁有陌生之客为这个词迷惑向她追问，而她想要转入下一个话题、对此毫无预料时，我（作为唯一了解她这种花招的狗）

能看出她闪现的一丝慌乱——但只有一瞬间——接着又恢复了严肃和笃定，她会镇定地说“它跟‘额外的努力’同义”，或者类似的长词，随即平稳地转入下一个话题，非常自然，留下那个陌生之客羞愧难当。这种时刻，大家的尾巴和着一致的节奏拍打着地面，脸上容光焕发。

短语也一样。她会带一个完整的词组回家，假如这个词组的音节很长，她就会花六个晚上和两个午后练习，每次以一种新的方式解释这个词组——她必须这么做，她对词组的意思一点兴趣都没有，也知道这些狗狗不会聪明到能够揪出她的错，她在意的只是这个词组。是的，她就是黛西！她什么都不怕，她对这些动物的无知非常有信心。她甚至把在家中听到的轶事说出来，逗得宾客们放声大笑；通常，她能把风马牛不相及的两件事扯到一起；当她甩出笑点的时候，便会自顾自地滚到地上大笑，但她心里其实在想这些故事为什么没有她第一次听到时那么好笑了。但也无妨，大家都又笑又吠，有些为了自己没抓住笑点而暗自羞愧，从来不会发现问题

当她甩出笑点的时候，便会自顾自地滚到地上大笑

并不是出在他们身上。

我想，从这里你能看出她自负又无聊的个性，不过她也有优点，足以弥补她的缺陷。她心地善良、举止温柔，从来不对加诸她的伤害心怀怨恨，很容易就将它们抛之脑后；她用最和善的方式教育孩子们，我们从她身上学到了：面对险境要勇敢果断，不要做逃兵，而是直面那些侵害到朋友或陌生人的危难，不计得失、尽己所能地帮助别人。她不仅通过语言来教化我们，更身体力行做出了榜样，这是最好、最可靠也最持久的方式。她的英勇壮举就是最伟大的表现！她是一个战士，却非常谦虚——你无法不崇拜她，情不自禁模仿她；在她的周围，就算是查尔斯王犬也显得微不足道。所以，你知道了吧，她身上有远远超过教养的东西。

2

我长大以后，就被人带走卖掉了，再也没见过她。她和我一样伤心，我们都哭了；但她尽量安慰我，说我们每条狗都带着美好的旨意来到这个世上，必须毫无怨言地完成我们各自的使命，努力生活，为他人谋利，不要在意结果，那不是我们该担心的事。

她说，做到这样的狗是高尚的，会在另一个世界得到奖赏，尽管我们动物不会去那个世界，但这么做会令我们的信仰更有价值和尊严。当她跟孩子们从主日学校回来后，会将时不时听到的东西都搜集起来记在脑子里，比对其他词语短句还要小心翼翼；她为了自己和我们深入地学习。由此可见，她那个聪明有思想的脑子里，也有不少虚荣。

再说回我们的告别，我们透过泪眼看着彼此，她最后告诉我的是——

你觉得我会忘记吗？当然不会

我想她放到最后说是为了让我印象深刻——“当你的主人身陷危难时，不要想着你自己，想想你的妈妈，想想妈妈会怎么做，你就怎么做。”

你觉得我会忘记吗？当然不会。

3

我的新家真吸引人！一座大大的房子，装饰细致，家具豪华，宽敞明亮，高雅的色调混合着倾泻的阳光，还有一个大花园——一望无际的草坪、绿树和鲜花！我也是家中的一员了，他们爱我、宠我，没有给我改名字，让我继续用我妈妈给我取的那个亲切的名字——艾琳·玛华尼。妈妈是从一首歌里听到这个名字的，而格雷一家知道那首歌，说这是个好听的名字。

格雷夫人三十岁，你难以想象她有多甜美可爱；萨迪十岁，跟她妈妈很像，简直是一个缩小版的格雷夫人，穿着短连衣裙，背后扎着一个红褐色的马尾；还有一个一岁的宝宝，圆圆的胖脸上有一对小酒窝，他非常喜欢我，总是忍不住抓我的尾巴、拥抱我，发出纯真的笑声；格雷先生三十八岁，又高又瘦而且很帅气，有点秃顶，他行动敏捷、聪明理智，有一张整洁的

萨迪十岁，跟她妈妈很像

脸，闪烁着智慧的光辉。他是一位有名的科学家。我不知道“科学家”的意思，但我想我妈妈肯定知道如何有效地使用它。她能让捕鼠犬沮丧，也能让哈巴狗羞愧。最厉害的不是这些，而是实验室。我妈妈是整个族群中最令人信赖的。作为狗狗中的教授，她告诉大家，实验室不是一本书或一张照片，也不是洗手的地方——那是洗手间；实验室很不一样，里面充满了瓶瓶罐罐、电线和奇怪的仪器，每个星期都会有其他科学家来到这里使用这些机器并且讨论，做他们所谓的“实验”并获得发现。我也经常过来，站在旁边侧耳倾听，为了纪念我的妈妈，试图学到点什么。但通常这让我感到很痛苦，她的日子越来越少了，而我却学不到什么。尽管我尽己所能，却依然毫无所得。

有时我赖在女主人工作室的地板上睡觉，她温柔地把我当成脚凳，知道那样的爱抚会令我非常舒服；有时我也会待在婴儿室，婴儿会把我的毛抓得乱糟糟的，并以此为乐；有时当婴儿睡着了保姆离开几分钟时，我会靠着婴儿床看着他；有时我跟萨迪在草坪上跑跳追逐，玩得筋疲力尽后我躺在树阴下的草地上休息，萨迪就坐在我旁边看书；有时我也去拜访邻居家的狗——那儿也有些不错的狗，有一只又帅气又有礼又优雅的爱尔兰长毛猎犬，名叫罗宾·阿代尔，跟我一样也是长老会犬，主人是一位苏格兰牧师。

我们家的仆人都对我很友善，也很喜欢我，很显然，我过着愉快的生活。没有比我更幸福、更心怀感激的狗了。我总这样对自己说：我会尽全力做到最好，不愧于我妈妈的教导和荣光，努力做好该做的事情，然后幸福自然就会来敲门。

时光飞逝，我也生下了自己的小狗，我的生活圆满了，拥有了一份完美的快乐。这个走路摇摇摆摆的柔软的小东西，有着可爱又笨拙的小爪子、深情的小眼睛，一张如此甜美又无邪的脸，看到孩子们和女主人都喜欢他、爱抚着他、感叹他的每一个变化时，我的内心是如此自豪。生活对我来说太过美好了，直到——

冬天来了。有一天我在婴儿室里看孩子，其实，我在床上睡着了。而宝宝睡在婴儿床上，旁边就是壁炉。婴儿床上挂着一顶透明的纱帐。保姆出去了，只留我们俩在那儿安睡。一颗火星突然从烧火柴中跳了出来，点着了纱帐。先是一阵安静，接着婴儿尖利的哭声把我惊醒，纱帐的熊熊烈火直冲屋顶！来不及思考，我便惊恐

时光飞逝，我也生下了自己的小狗

地跳到地上，然后冲向门口。但就在那一秒，临别时妈妈对我说的话又回响在耳边，我再次冲回婴儿床边。我把头探进火光中，咬住宝宝的腰带拼命将他拽出了婴儿床，我俩一起在烟雾中跌到了地上；我继续拖着大哭的宝宝往门外逃，一直逃到走廊的拐角处，我的心里幸福又自豪，直到主人的声音响起——

“滚开，你这个畜生！”我赶紧跳起来，但他的动作更快，追着我，用他的手杖打我，我吓得四处闪躲，最后我的左前腿被重重地打了一下，我尖叫着倒在地上，好一会儿都没法动弹，非常无助；接着他又打了我一下，正要继续时，被保姆的喊声止住了——“婴儿房着火啦！”主人赶紧朝那个方向跑去，我的一把骨头得救了。

疼痛钻心，不过没有关系，我不能倒下，他随时都有可能回来。我拖着三条腿一瘸一拐地逃到走廊另一端，那里有一个很暗的楼梯通往杂物间，里面摆放着一些旧箱子什么的，我听说人们不太到那里去。我爬了上去，在黑暗中找了一个隐秘的地方藏了起来。尽管有些愚蠢，我还是感到害怕极了，不敢发出声音，虽然知道呻吟能减轻些疼痛，但也只能舔舔我的腿，让自己舒服一点。

楼下的骚动持续了半个小时，叫喊声和来回的脚步声最终都平息下来。安静持续了几分钟，这缓解了我的恐惧，恐惧比疼痛糟糕多了！接下来的声音让我僵住了！他们在叫我——叫我的名字——他们在找我！

那声音隔着距离，含混不清，却无法减轻我的恐惧，这是我听过的最吓人的声音。那声音四处飘荡，在楼下，沿着走廊，穿过所有房间、地下室；然后传到了屋外，越来越远——又传回了房子里，我觉得它永远不会停下来了。不过几个小时后，在阁楼的微光被黑暗完全笼罩后，那声音终于停了下来。

接着，在寂静中，我的恐惧渐渐消退，我坠入了梦乡。我睡得很好，在黎明前醒来，感到十分舒服，也想出了一个好办法。那就是，我从后楼梯爬下去，躲在地下室门后，等到傍晚送冰人进来往冰箱里填冰的时候逃出去；这样的话，我整天就得躲着，直到暮色降临才能开始我的旅程——到一个没人认识我、不会向主人告发我的地方去。我现在几乎感到兴奋了，可突然转念一想：我的小狗宝宝怎么办？

我很绝望，束手无策。我知道我只能待在这里等待，接受一切，这就是生活——妈妈曾这么说过。接着，那叫声又响起来了！悲伤又重新袭来，我对自己说，主人再也不会原谅我了。我不知道自己做了什么难以原谅的事令他如此生气，我想可能这对于人类来说很容易理解，只不过我无法理解罢了。

他们不停地叫我，夜以继日。持续已久的饥渴几乎让我发疯，而且我也越来越虚弱了，只能依赖大量的睡眠。有一次我在恐惧中醒来——那叫声似乎就在杂物间里。那是萨迪的声音，她哭着断断续续地喊着我的名字，可怜的小东西，当我听到她的话时几乎高兴得不敢相信自己的耳朵：

“回来，回到我们身边来，原谅我们，没有你我们真的很伤心……”

我感激地叫了一声跳了出来，萨迪立即跌跌撞撞地穿过黑暗中的杂物，用全家都听得到的声音大喊：“找到她了！找到她了！”

接下来的几天——好吧，非常美妙。不知为什么，女主人和萨迪，以及仆人们看起来都很崇拜我。他们给我准备了一张舒适无比的床，给我吃美味的食物，每天都有朋友和邻居们进来聆听我的“英雄事迹”——这个词儿我听到过，意思是“农业”。我记得妈妈提到过这个词，但没有解释过它的意思，只说它是“校内白炽灯”的同义词。格雷太太和萨迪一天之内要将我的故事对新的客人复述许多遍，说我冒着生命危险救出了小婴儿，我俩身上的伤就是证明。于是客人们就会来到我身边抚摸我、称赞我，萨迪和她妈妈眼中闪烁着自豪的光芒。当人们问起我的腿为何会瘸时，她们便面露愧色、转移话题，有时人们会刨根问底，我觉得她们都快要哭了。

这还不算，主人的朋友来了，二十个最受尊敬的人把我围在实验室里讨论，好像我是个新发现似的。有几个人说动物做出如此壮举全凭本能，但主人激动地说：“这远远超出了本能，这是理智。靠着自己的财富，拥有生存特权，死后还要上天堂的人类所缺乏的东西，这些注定死去的可怜动物身上却有。”他笑了，又说：“我只是在开玩笑，上帝保佑你们。在我看来，我以为狗狗发了疯、袭击了婴儿，但她并没有——告诉你们，这是因为理智——这孩子本来会死的。”

他们不断地争论，而我正是争论的中心，我多希望妈妈能够看到我的

朋友和邻居们进来聆听我的英雄事迹

荣誉，她一定会为我骄傲的。

然后他们讨论了一种叫做“光学”的东西，又讨论了某种大脑损伤是否会导致失明，但他们没有达成一致，而是认为必须不断进行实验。接着他们还讨论了植物，这令我很有兴趣，因为萨迪和我在夏天播过种——我帮她挖洞，日复一日，那儿就会出现一丛小灌木或者一朵花，这简直是奇迹，但确实发生了。我多希望我会说话——这样我就能告诉他们我懂得多少，也能参与他们的讨论了。不过我对枯燥的光学没有兴趣，当他们重新回到这个主题上来时，我就睡着了。

很快就到了春天，阳光明媚，气候宜人，女主人和孩子们跟我和我的小狗告了别，踏上了拜访亲戚的旅途。男主人没有去，也没有陪伴我们。但我们还是过得挺开心，仆人们都友好又和善，大家一起快乐地数着他们回来的日子。

有一天，那些男人们又来了，说是为了做实验，把我的小狗宝宝带进了实验室，我拖着瘸腿也跟进去了，心里觉得很自豪，任何对我的小狗的关注都能让我感到开心。他们一边讨论一边做实验，突然我的小狗尖叫了一声，他们便把他放到了地上，他蹒跚着，头上流着血。男主人拍手大叫：

“瞧！我是对的——这就是证明！他瞎了！”

而其他人都说：“确实是这样——你证明了你的理论，为那些受苦受难的人做了贡献。”大家都围到他的身边，真诚地握着他的手赞扬他，面露感激。

可我根本没听到这些，因为我马上冲到了我的小宝贝身旁，紧紧地依偎着他，舔着他的血。他的头贴着我的头，轻轻地呜咽着，我心里明白，尽管他看不见我，但他能感受到我的抚慰，缓解一些疼痛。然后，他倒了下来，柔软的小鼻子贴着地面，一动也不动了。

主人停下来吩咐男仆说："把他埋在花园远处的角落里。"接着，他们又重新回到了讨论中。我小跑着跟着男仆，又快乐又感激，因为我的小狗现在睡着了，不会感到疼了。我们走到花园里最远的一角，夏天时，孩子们、保姆、我的小狗和我常在那里的榆树下嬉戏。男仆挖了个洞，然后再把小狗放进洞里。我心里十分开心，因为不久那里就会长出一只健康又帅气的小狗，就像名狗罗宾·阿代尔那样，在女主人和孩子们回家时给他们

他们一边讨论一边做实验

一个完美的惊喜。所以我努力帮着他一起挖洞，可我的瘸脚根本使不上劲。埋好我的小狗后，他摸摸我的头，眼含泪水地说："可怜的小狗，你救了他的孩子……"

我等了两个星期，可我的小狗还是没有长出来！我开始感到恐惧了。我觉得发生了一些可怕的事，虽然不知道到底是什么，但恐惧让我生了病。我一直守在花园里，即使仆人送来了最好的食物，我也吃不下。仆人们还是一如既往地疼爱我，甚至在晚上过来看我，哭着对我说："可怜的小狗，别等了，回家吧，别让我们这么伤心！"所有这些更令我害怕，也让我确信一定发生了什么事。

我越来越虚弱，昨天开始都站不起来了。刚才，仆人看着夕阳落下、夜幕升起，说了些我无法理解的话，但这些话却让我的心凉了下来。

"这些可怜的动物！他们从不会怀疑。明天早上女主人和孩子们回到家找不到这只英勇的狗狗，我们谁有

可怜的小狗，你救了他的孩子……

勇气告诉他们——那个忠实的朋友已完成她生为狗的使命，再也回不来了。”